NOTAS DE ESCURECIMENTO
Contos de Escrevivência

Plínio Camillo

Copyright © Plínio Camillo e Colli Books
Texto: Plínio Camillo

Editorial	**Revisão**	**Projeto gráfico**
Alessandra Domingues	Silvia Parmegiani	Colli Books
Isa Colli	Clara Bittencourt	**Edição e Publicaçã**
Administrativo	**Diagramação**	Colli Books
José Alves Pinto	Estúdio Esfera	

Todos os direitos reservados.

Dados Internacionais de Catalogação na Publicação (CIP)
Bibliotecária responsável: Aline Graziele Benitez CRB-1/3129

```
C19n   Camillo, Plinio
1.ed.     Notas de escurecimento: contos de escrevivência /
       Plinio Camillo.– 1.ed. – Brasília: Colli Books, 2019.
          40 p.; il.; 16 x 10 cm.

          ISBN: 978-85-54059-42-2

          1. Literatura brasileira. 2. Contos. I. Título.

                                           CDD 869.93
```

Índice para catálogo sistemático:

1. Literatura brasileira: contos

Colli Books: Rua 9 Norte L. 05 – Bloco B –1504, Águas Claras
CEP 71908-540 – Brasília/DF
E-mail: general@collibooks.com
www.collibooks.com

Dedico a:

Beatriz Mattos Camillo
Fabiana Guimarães
Maria Helena Neves de Almeida
Nanete Neves

"... nossa escrevivência não é para adormecer os da Casa Grande, e sim para incomodá--los em seus sonos injustos."
– **Conceição Evaristo**

SUMÁRIO

Exu _____ p. 6

Sem Mim Ocê Num Nascia _____ p. 11

Kiuaba _____ p. 15

Bejiróó! Oni Beijada! _____ p. 19

Tereza Benguela _____ p. 21

Em Uma Tarde, Quase Noite, de Domingo… _____ p. 25

Dayo e a Ejomiran _____ p. 27

Natais _____ p. 33

Abayomis _____ p. 35

EXU

Somos Exu.
Somos vários Exus.

Não nascemos muitos. Éramos só um que foi, um dia, mandado por Olodumaré para viver com Oxalá, porque ele dizia que, em um momento de nossa trilha, seríamos parecidos.

Também para sermos melhores.
...E lá ficamos, um só, na porta da casa, prontos para fazer o que ele mandasse ou pedisse.
Corríamos para cima e para baixo.
Feliz.
Felizes.

Um dia passou por lá Ôrunmìlá, viu-nos um e ficou encantado, pois há muito queria um filho.
Filho seu.
Um filho igual a nós que éramos somente um.
Pediu para Oxalá que tinha mais que fazer e não deu atenção.
Clamou e Oxalá nem ouviu, podia ser outro, mas ele queria a nós.
Gritou e Oxalá se afastou, podia esperar, mas por nós estava encantado.
Implorou e Oxalá fingiu que não viu, pois

seríamos problema para ele.

Rogou e Oxalá ficou meio mexido, a insistência era forte.

Suplicou e Oxalá concordou. Ordenou que dali nove meses, com a esposa, Yebìírú, teria a nós como filho.

Oxalá foi voando.
Feliz.
Nove meses passaram rápido.

Nascemos fortes, firmes, atentos e muito famintos.

Comíamos de tudo.
Tudo mesmo!
Tudo do mundo.

Até que tivemos a fome de comer a nossa mãe. Ôrunmìlá negou, mas, na primeira distração, devoramos ela também. Ai que fome!

Horrorizado, Ôrunmìlá procurou o conselho de um babalaô para saber o que deveria fazer frente a nossa fome. Ele foi aconselhado: fez as oferendas necessárias.

Somente provocou que tivéssemos outra vontade: devorar Ôrunmìlá.

Isso ele não suportou, pegou a sua espada e nos perseguiu, queria nos matar.

Fugimos para Orun, o nosso céu, mas ele nos pegou e nos dividiu em muitos pedaços, porém nos refazíamos e fugíamos.

E ele foi nos cortando.

Nisso de um, saíram vários: uma adolescente, um amigável, outro autêntico, outra de cabelo cacheado, uma ciumenta, um comunicativo, outra criativa, um desafiador, uma desmazelada, outro disponível, uma empenhada, um estressado, outra forte, um grosso, outro imparcial, outra indecisa, um instável, uma irrequieta, um livre, outro meigo, outra narcisista, um oportunista, uma perfeccionista, um preguiçoso, outra rabugenta, um sambista, uma sincera e um vagabundo... Mas todos nós: Exu!

Foi nos dividindo. Com muita abominação.

Foi nos mascando. Com muita tristeza.

Foi nos mutilando. Com muita aversão.

Foi nos rasgando e restou uma sonhadora, outro tirano, um valoroso, outra agradável, uma apática, outro bacana, um calculista, outra com olhos azul-escuros, uma conscienciosa, outro cruel, um descomedido, outro desordeiro, uma doce, outro entusiasta, um extrovertido, outra frívola, uma honesta, outro imponderado, um indiferente, outra interesseira, uma jovem, outro maldoso, outra nervosa, um ousado, outro pessimista e um prestativo.

Foi nos picando, com muita ojeriza.
Foi nos furando, com muita fúria.
Foi nos fendendo, com muita ira.

Foi nos atravessando e fez aparecer um mandão, outra muçulmana, outra pagodeira, uma pontual, outro proativo, um retinto, outra sensível, um teimoso, outro tranquilo, um vulnerável, outra alegre, uma arrogante, outro bisbilhoteiro, um casmurro, outra comodista, uma cortês, outro decente, um desenvolto, outra digna, uma eficiente, outro esmerado, um fiel, outra gentil, uma humilde, outro incompetente, um inovador.

Foi nos ceifando, com muita raiva.

Foi nos atacando, com todo o aborrecimento.

Foi nos arrancando, com toda a cólera!

Foi nos trucidando e brotou uma grosseira, outro impaciente, um incorreto, outra insincera, uma irascível, outro liso, um medroso, outra nagô, uma de olhos vermelhos, outro perceptivo, uma precoce, outra prudente, uma sagaz, outro simples, um tímido e outra disciplinada.
Até que cansou. Apesar da aversão.
Até que cansamos. Apesar do espanto de se ver em muitos!
Não queríamos fugir mais.
Pedimos clemência, jurando que serviríamos à Ôrunmìlá como filhos obedientes.
Vomitamos tudo, inclusive: Yebìírú.
Demorou.

Ficamos aguardando sem respirar até que ele aceitou: Fomos felizes!
Somos Exu.
Somos vários Exus.

SEM MIM OCÊ NUM NASCIA

Desde o primeiro gole, dado pelo nagô Samuel, atrás da casa-grande, Cosme ficou fascinado pelo negro.

Adorava ouvir a voz daquele homem, maior que a mangueira, quando dizia:
— Da ninhada, ocê é meu preferido.
Ansiava pelos tapinhas daquelas grandes e macias mãos.
— Sem saliência, negrinho, bebe num gole só!
Deleitava com os chutes na bunda.
— Vorta pra sua mãe, seu coisinha-ruim!

Samuel era o guarda-sol do Seo Fabiano, senhor de todos e de tudo.

O menino venerava tanto o negro que até babava!

Ia sempre para a senzala, foliando, com os presentes, doces tirados da cozinha, para dividir com os irmãos.

Um dia, quando a mãe, a mina Luiza, catava piolho, ele disse:
— Vô se qui nem o Samuel. — e tomou um tapa na orelha. Estendido no chão batido e sem chorar, pois macho nem alto geme, ain-

da tomou um chute na boca. A mãe urrou.

— Se Baguá!? Nunca, viu? Mato antes! — ... E foi chorar no capinzal.

— Qui qui é baguá?

— Bobagem, criolinho, ganância dos fracos! Só faço o qui mi manda...

— Se é um baguá?

— Calaboca, seu coisinha ruim, presta atento: só faço o qui mi manda... E faço muitas negrinha feliz, sabia? Pregunte pra sua mãe.

Não questionou, tentou descobrir por si, mas a cachaça não deixava ir muito longe.

Cosme foi crescendo e descobrindo o que Samuel era.

A admiração criou vingança.

A aguardente, companheira.

A mãe mais distante em cada vez que prenhava.

Mas, sempre, no canto atrás da cozinha, dividiam um esquenta corpo.

A vingança cresceu quando Cosme, trabalhando com a criação, viu a mãe, já seca, ser vendida para uma fazenda muito depois de Campinas. Nem chorar pôde, pois macho num lamenta, disse Samuel num gole só.

Excomungado. Coisa-ruim.

Cosme, quando pequeno, era levado para longe, mas com quase quinze anos, viu quando o Seo Fabiano, chicoteando, mandou as negrinhas novas correr para o capinzal. Depois, mandou trazer o Samuel, lustroso, descansado e nu, adentrar atrás delas! Num deixaram o Cosme sair até, muito depois, a última ser carregada empapada em sangue.

Capinador. Lambe botas.
Cosme e a negrada fizeram o telhado da casa de recolhimento do Samuel. Viu quando um feitor separou escravas, deu banho nelas, mandou entrar. Depois, pediu, com voz e olhos baixos, para o Samuel entrar. Deu até uns tapinhas nas costas e trancou todos dentro. Saíram de lá somente dois meses depois.

Pé branco. Alma clara.
Capinando o terreno mais longe, Cosme viu Lucélia, negra congo que alegrava sua garganta e deixava sóbrio seus desejos, prenhe e feliz.

— A gente come o que ele come, do bom e du melhor!

Pinga no senhor na goela.
Enxadada no meio da perna.
Grito.
Cosme sorri.
— Sem mim, ocê num nascia. — disse o infeliz do Samuel com o gume na garganta.

Cosme sorri e chora:
— Sem ocê... eu nem nascia e, talvez, tu num morria...

KIUABA

Kiuaba era um griô. Nasceu para isso. Cresceu tendo toda a sua atenção para o que era dito, para o que foi vivido, para o além e o aquém. Servia de memória e de alerta. De alento e incentivo. Da tradição e da multiplicação.

— Muito tempo atrás, na terra dos pais dos pais de meu pai, havia uma guerra de duas tribos, os Masai e os Arboré.
O motivo da guerra ninguém se lembrava mais.
Ou era por causa de terras.
Da água.
Ou por causa de um amor recusado.
Ou apenas por não ter o que fazer.
Uns diziam que os outros fediam.
Outros diziam que os uns cheiravam mal.

Uns diziam que os outros tinham os beiços grossos.
Outros diziam que os uns tinham cabelo ruim.

Guerreavam.
Um dia, o pequeno Lungile, da tribo Masai, foi brincar perto de uma lagoa com uma lança, presente do irmão mais novo do seu pai.

Lança feita de pau verde. Lança leve para matar um leão de longe.

E lá foi Lungile, aproximou-se da lagoa, caçando grandes feras invisíveis. Até que viu, deitado, um outro menino: Biko, da tribo dos Arboré.

Que fazer?
Fugir?
Porém, antes de Lungile voltar, Biko o viu.
Eles se viram.
Ficaram em prontidão.
Será que iriam brigar?
Lutar como os seus?
Batalhar pelos seus?
Fede.
Grosso.
Ruim.
— Que você está fazendo? — perguntou Lungile, enquanto planejava a retirada.
— Olhando... — disse o pequeno Biko, meio sorrindo e meio preocupado: — Gosto de vir aqui, sabe?
— Também ...
— Vai querer lutar?
— Não sei... E você?
— Também não sei... Acho que não.
— Duvida então que acerto aquela árvore ali?
— Mostra.

Lungile atirou a lança e acertou. Biko foi buscar, espantado com a pontaria.

— Atira você agora.
— Tá!

Atirou e Lungile foi buscar.
Ficaram assim por horas.
Atiravam enquanto falavam dos sonhos e da vontade de crescer. Das terras para conhecer e das frutas que queriam saborear.
Deu fome.
Depois, com a lança, caçaram os peixes.
Contaram histórias lembradas.
Falaram mentiras vividas.
Brincaram.
Divertiram tanto até ficarem amigos.
— Sabe que você não cheira mal?
— Nem você, sabia?

Chegou a hora de ir embora!
Fez o silêncio.
Lungile disse até!
Biko disse até.
Andaram alguns passos e viraram para outra despedida.
Lungile voltou correndo.
Deu a sua lança para Biko.
— Para lembrar-se de mim.
— Para lembrar-se de nós.
— Que a boaventura lhe abençoe. — agradecem ao mesmo tempo e correm para os seus lados.

Tempos depois, o irmão mais novo do pai voltou e pediu para ver a lança.
— Dei para um amigo meu.
— Quem?
— Amigo...

— Quem?
— Biko.
— Quem é?
— Amigo de longe, dos Arboré!

O pai gritou
A mãe chorou.
A irmã puxou os cabelos.
O irmão do pai blasfemou.
— Tonto! — disse o irmão do pai: — Da próxima vez, enfie a lança no peito dele.
— Não! É meu amigo!
—Nunca! Com certeza, se tiver uma próxima vez, o fedidinho vai enfiar a sua lança em você.

Lungile não falou nada, saiu da casa e nunca enfiou uma lança em ninguém. Biko também, e isso ajudou um pouco para a guerra terminar uns tempos depois.

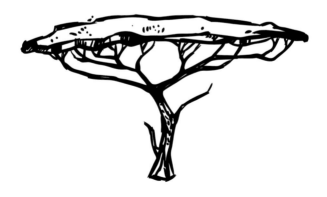

Bejiróó! Oni Beijada!

Filhota pequena. Quase quatro anos. Quarto separado.
Meio da noite.
Sono pesado.

— Pai?! — chamava algumas vezes. Finjo não ouvir. Vem mais perto e grita: — Pai!
— Sim, filha...
— Tem uma mamba negra no meu quarto e me mandou vir dormir com você...
— Verdade?
— Sim...
— Bem... Tenho um jeito de mandá-la embora...
— Tem, pai? Certeza?
— Vá lá e diz uma palavra... Uma saudação...
— Qual?
— Bejiróó! Oni Beijada!
— Como?!
— Bejiróó! Oni Beijada!
— Funciona?
— Vá e tente....

E ela foi. Tentando repetir e decorar a palavra.

Meio da noite seguinte.
Sono pesado.

— Pai! — chamava algumas vezes.

Finjo não ouvir. Vem mais perto e grita: — Pai!
— Sim, filha...
— Tem outra mamba negra e um búfalo no meu quarto, e não adianta falar nada que eles não vão embora. Mandaram eu vir dormir com você...
— Filhota, vá lá, fale a palavra mágica e faça uma ijo para os Ibejis.
— Que ijo, pai?
— Dança, filha, dança...
— Funciona?
— Você não verá nenhum búfalo ou mamba em um raio de cinco mil metros.

... E ela foi. Repetindo a palavra e a coreografia.

Outro meio da noite.
Sono pesado.
— Pai! — chamava algumas vezes. Finjo não ouvir. Vem mais perto e grita: — Pai!
— Sim, filha...
— Tem no meu quarto um rinoceronte que me mandou vir dormir com você. Ele disse que não adianta dancinha e nem a palavrinha nenhuma...
— Verdade?
— Verdade!
— Então vá lá e mande-o vir aqui conversar comigo. Durma bem, filhinha!

TEREZA BENGUELA

Corre!
Grita para que todos fugissem: — Mataram o Zé Piolho!
Meu marido.
Meu amigo.
Que lidera comigo o povo daqui!

Corre! Vamos! Vamos!
Assassinaram na traição, abateram na noite e pelas costas!
Não se faz isso com a gente!
Grita para não chorar.

Corre! Vamos! Vamos!
Veio uma vontade de parar. Prantear pelos amigos mortos. Pelos sonhos desfeitos. Por aqueles que não entendem que todos podemos ser iguais. Nós, negros, merecemos também respeito.

Corre! Vamos! Vamos!
Mas não dá para desistir! Tem os filhos, os que virão, os mais velhos, os de perto e os de longe!

Corre! Vamos! Vamos!
Não importa de onde tenha vindo! Do que fez... Do que era... Hoje é livre! Hoje é mulher e vai continuar assim. Hoje é criança.

Gente não é escravo de ninguém!

Corre! Vamos! Vamos!
Iremos fazer diferente! Dividiremos as tarefas, não entre homem e mulher, mas por aqueles que fazem melhor e os que querem aprender. Os velhos ensinam os mais novos. Os novos animam os mais velhos.

Corre! Vamos! Vamos!
Cuidaremos de nós todos. Seremos irmãos e ficaremos em um lugar retirado, difícil de ir por terra ou por água. Seguros. Um lugar nosso, para crescer. Para o nosso sonhar.

Corre! Vamos! Vamos!
Sempre nos ouviremos. A todos a atenção será dada. A fala dele é tão importante quanto a minha ou daquele outro. Importantes são todos! Não tem menor ou maior.

Corre! Vamos! Vamos!
Desembeste que mesmo com o medo vamos fazer de lá a nossa terra!
Teremos tempo de lutar. De lançar. De percorrer e até, se quisermos, voar.

Corre! Vamos! Vamos!
Ser da terra.
Ser real!
Ser!
Sou Tereza. Serei sempre Tereza.
Corre! Vamos! Vamos!

Para as irmãs, aprenderemos lutar, pois já somos firmes, fortes e também domamos a terra.

Para os irmãos, ensinaremos a cuidar dos filhos, cozer e colher, pois também têm mãos, pés e coração!

Corre! Vamos! Vamos!
Para os mais novos, difundiremos o respeito e a afeição.

Para os mais velhos, seremos o sossego e a audição.

Corre! Vamos! Vamos!
Lá receberemos todos os aflitos, os sem lugar, os rejeitados e fugidos. Aprenderemos a ser irmãs e irmãos. Negro, índio, mulato, cafuzo e confuso.

Corre! Vamos! Vamos!
No dia, plantaremos, cultivaremos, colheremos e nos defenderemos ombro a ombro. Somos gente!

Na noite, cantaremos, dançaremos e ouviremos histórias dos nossos antepassados! Somos gente!

Corre! Vamos! Vamos!
Faremos do medo, raiva, e ninguém nos aprisionará.

Transformaremos a dor em força, e mudaremos o nosso mundo.

Trocaremos os pesadelos pela realização dos sonhos de todos.

Corre! Vamos! Vamos!
No dia, somos gente atenta.
Na noite, somos gente que chora!

Corre! Vamos! Vamos!
Só nos resta vencer!

EM UMA TARDE, QUASE NOITE, DE DOMINGO.

— O quê?!
— Papai sempre diz que quem dá aos pobres empresta e adeus!
— Mãe, a mais nova namorada do papai dormiu lá em casa, sabia?
— Mãe, sabia que o papai saiu todos os dias com aquela calça que você detesta?
— Mãe, uma pergunta: os sete anõezinhos eram irmãos ou primos? Sobrinhos?
— Mãe, o saci compra tênis? O que ele faz com o outro pé que não usa?
— Mãe, por que papai falou que sou só sua filha?
— Mas... mãe... Só me pediu um biscoito!

Um crocodilo do Nilo pediu?
— É, mãe. Mas a Jaguatirica queria só um trocadinho!
— Mãe... Olha uma piada: sabe onde a mulher tem o cabelo mais crespo?
— Dãããã, mãe! Se fosse o Leão, não daria nada!
— Mãe, percebeu que a palavra paralelepípedo refresca a boca?
— Mãe, o Curupira sabe chutar para frente?
— Mãe, sabe que dos meninos é tênis e das meninas é imagina?

Pediu uma bolacha!

— Mas mãe... Tentei dar pedaço de melancia para ele, mas disse que não gosta!
— Mãe... Foi, mas ele chamou de biscoito, pode?
— Mãe... o Veado-catingueiro só queria um cafezinho...
— Mãe, queria tanto uma irmãzinha!
— Pai, eu queria tanto uma cenourinha!
— Mãe... vou deixar você rouca ou louca?

DAYO E A EJOMIRAN

Há muito tempo... Muito mesmo... Quando o mundo engatinhava e a terras eram de todos nós, ocorreu esta história.

O lugar era entre lá, muito longe, e cá, muito pertinho.

De repente!
Sem nenhum aviso, houve uma enorme seca!

Õran, o Sol, pelos motivos dele, ficou mais forte, vigoroso e raivoso. O mormaço era fervilhante. Ardia.
Queimava.
Maltratava.
Condenava
As pessoas.
Os bichos.
As plantas foram caindo, minguando, virando poeira e fumaça. Falecendo.

Só a menor das meninas da aldeia ficou em pé: Dayo, aquela que traz a alegria.
Só aquela que parecia ser a mais fraquinha.
Magrinha.
Levinha, foi a que cuidou de todos!
Ela tristemente testemunhou:

A cartaxo-nortenho caminhando de cabeça baixa.
A chita do Saara que parou de correr.
A gazela-dama sem fôlego não conseguir fugir.
As crianças em silêncio.
As esperanças sucumbirem.
Mães faltarem.
Muitas aves expirarem.
Muitas flores desaparecerem.
O antílope sem nada comer.
O falcão-lanário parando de suspirar.
Os chefes fracassarem.
Os desejos se minguarem.
Os guerreiros desacorçoarem.
Os lagos secarem.
Os sonhos perecerem.
Os velhos zunindo viram as cachoeiras se acabarem.

Nada pôde fazer.
Dayo, muito aborrecida, só resolveu andar.
Seca, tinha uma esperança de existir um lugar melhor do que aquele.
Um lugar tão bom quanto o seu era.

Tinha passo que acreditava que iria encontrar.
Outro passo tinha certeza de que não.
Resolveu andar para não se entregar.
Por algum tempo, andou até as pernas fraquejarem. Começou a engatinhar.
Ainda mais cansada, só conseguia se arrastar.

Até que, não aguentando mais, parou, respirou com dificuldade.

Arrastou um pouco mais e ficou deitada no chão quente, constatando que nada encontrou. Que nada valeu o tempo de caminhada. Que não tinha mais ninguém. Que não iria crescer e virar uma mulher. Guerreira.

Uma pequena lágrima saiu de seu olho esquerdo.

Quando caiu, encontrou uma grande pedra redonda e lisa. O encontro foi silencioso, porém potente: rachou a pedra e Dayo, maravilhada, viu sair dali um pequeno pardal.

Diferente de todos que ela tinha visto antes, esse era muito colorido. Com todas as cores e os tons que tinha visto e até que nunca havia admirado.

Alegre e feliz.

— Como vai? — cantarolou o pardal festivamente.

Dayo não conseguia responder, porém, maravilhada, sorriu.

— Novidades?

A menina apenas balançou negativamente a cabeça.

— Então, vamos procurar novidades.

O Pardal cantou uma canção.

A cantiga e a companhia fizeram Dayo se levantar.

Andar mais um pouco.

Apesar da profunda tristeza, com um pardal amigo tudo parecia mais fácil.

— O que lhe entristece, amiga?
— Sede!

O pardal olhou em volta e percebeu a seca que se abatia por ali.
Aflito, voou em direção aos céus.
E assim volteou até cansar!
Passou por todas as nuvens.
Lembrava da amiga e não desistia.
Até que as forças acabaram.

Caiu como uma pesada lágrima!
Desceu muito mais rápido do que subiu.
Durante a queda, Pardal pensava na amiga.
Durante a queda, Pardal rezava pela amiga.
Assolou perto da menina.
Foi um enorme estrondo que formou um enorme buraco.

A menina ficou surda. Seca pela poeira levantada e mais triste ainda!
Naquele escuro buraco estava seu último amigo. Seus joelhos fraquejaram, toda a alegria e as suas forças foram embora.

Era o seu fim.
Dayo ficou ali, esperando o seu término.
Por muito tempo.

Dormiu.

Despertou com a voz longínqua do amigo.

Quando abriu os olhos, viu o pardal muito maior, boiando em uma lagoa de águas límpidas. Do buraco, jorrava água!

Sedenta pulou e bebeu o que pôde.

Brincou, cantou, dançou e agradeceu. Lembrou-se do amigo e o procurou.

Viu que o Pardal estava transformado.

Uma Ejomiran: O amigo pardal agora era uma grande cobra com todas as cores ao mesmo tempo misturadas e ao mesmo tempo separadas. Dayo se assustou, quis fugir, mas Ejomiran falou, carinhosamente:

— Amiga, dentro de mim sou o mesmo, agora posso lhe ajudar melhor!

— Trouxe felicidade.

A Ejomiran sentiu uma tremenda fome e rapidamente começou a comer a terra. Comia com muito vigor e muito apetite.

Uma grande vala ia se formando e a água saía do buraco, enchendo tudo.

A cobra devorava a terra e Dayo a seguia admirada.

Ao mesmo tempo, Ejomiran vomitava e ia fertilizando a terra seca.

Surgiram plantas, capins e árvores.

Fez isso por muitos dias!

Vieram bichos.

Outras aves.

Insetos
Vida!

Novas pessoas. Novas crianças. Novos velhos.

De vez em quando, paravam para conversar, cantavam, brincavam. Porém, a fome recomeçava, e voltava a comer.
Passado algum tempo, conseguiu formar vários rios, córregos e ribeirões.
Brincava daqui para lá e de lá para cá. Até que a terra refloresceu e a Ejomiran voltou a ser um pardal e Dayo começou a crescer.

NATAIS

Bioca pequena. Perto de seis anos e ainda acreditando em "Papai Noel".

Sem problemas.

Em um dia de passeio, semanas antes do Natal, constato que onde aparece algum "Papai Noel" ela foge.
Quer mudar de calçada.

Volta pelo caminho que veio.
Não o encara.
Esconde-se atrás de mim.

Já pensando que ou ela tinha adquirido algum trauma natalino, tive muitos, ou fobia ou um outro problema. Não tem nenhum Papai Noel negro como nós.

Respiro fundo e terei que ligar para a mãe.

Durante o almoço, em uma praça de alimentação, há um desfile de "Papai Noel e suas noezetes", que faz a Bioca entrar em pânico e debaixo da mesa. Nenhum negro! Ou negra!

Meu Deus!

— Filhota, que foi? Tem medo do Papai Noel?

— Não.

— Então por que se escondeu dele?

— Pai! Quero uma surpresa. Se ele parar e me perguntar o que quero de Natal vou precisar dizer, né?

ABAYOMIS

Chovia e o barco de papel descia o rio a toda velocidade.

Não vai durar muito tempo, pensou o Abayomi-Marinheiro sem um braço. Mas, mesmo assim, tentava manter o barco firme, no rumo.

Olhou para trás e viu um enorme tronco de madeira vindo em sua direção. Inclinou o barco um pouco e o tronco passou raspando pela sua proa. Resolveu ir para o fundo do barco. Dali podia controlar melhor.

Respirou aliviado.

Viu um enorme bueiro. Viu um redemoinho, e pensou na Dançadeira.

A Abayomi-Dançadeira bailou para esquecê-lo, o sem braço, sem alma e sem coração.

Dançou a mais para derretê-lo do coração.

Muito depois, movimentava-se apenas pelo gosto de dançar.

O Abayomi se jogou no fundo do barco. Ficou de cara enfiada no papel. Lembrou do dia em que lhe arrancaram o braço.

Daquele dia em diante, sempre era o último a ser escolhido, mas o primeiro a morrer.

Muitas vezes, era um dos inimigos.

Outras vezes, era traído.

Um e dois. Três e quatro. Respirou.
Um e dois. Três e quatro. Transpirou.
Um e dois. Três e quatro. Inspirou.
Um e dois. Três e quatro. Suspirou.

Levantou com dificuldade e voltou para a popa. O barco estava se desfazendo.
Pulou com um pé só...
Caiu n'água e nadou com o braço que restava.

Sentiu alguma coisa bater no seu lado direito. Era uma enorme ratazana preta. Agarrou o animal. Respirou.
A chuva parou...

A música cessou e a Abayomi olhou para a lembrança dele e sentiu que não sentia a dor de gostar dele do jeito que gostou.
A ratazana deu um salto e caiu de barriga na calçada.
Ficaram alguns minutos estatelados no cimento.
O marinheiro a incomodou, ela mordeu e pulou, jogando-o para longe.

A Dançadeira fez um pliê.
O Abayomi se levantou.

Abayomi relembrou um ritmo.
O Marinheiro foi tentar encontrar.

Ele chegou quase seco.

Ela sentiu dor no pé, bem na ponta. Deu um salto e relaxou as pernas.

Poucos pingos pequenos caíram no chão.

Disse "oi" e sorriu. Ela ainda era linda, mas não sufocava.

Disse "olá" e sorriu. Ele ainda era gentil, mas não a fascinava.

Ele sorriu e corou. Ainda era fascinante, mas não entorpecia.

Ela sorriu e olhou, ainda era, mas não como era.

Ela disse que não escreveu e ele disse que não chorou.

Ela que esqueceu e ele mentiu que pensou.

Ela iludiu e afirmou que acreditou.

Ela dançou.

Ele disse até.

O chão ficou seco.

(A palavra abayomi tem origem iorubá e faz referência a uma boneca negra, significando aquele que traz felicidade ou alegria. Abayomi quer dizer encontro precioso: abay = encontro e omi = precioso).

Nasci em um sábado pela manhã enrolado no cordão umbilical.

Aos três anos descobri que as letras tinham significados.

Aos cinco, a interrogação.

Aos nove, não era sintético.

Aos doze, quis ser metonímia.

Aos quinze, conquistei a exclamação.

Aos dezessete, vi os morfemas.

Aos dezoito, fui liberado do tiro de guerra, virei perífrase.

Aos vinte, estava no palco.

Aos vinte e seis, desenredei a Linguística e atuei com meninos e meninas de rua.

Aos trinta e cinco, recebi o maior presente: aquela que me trouxe a felicidade.

Aos quarenta, desvendei uma ligeira maturidade e ironia: fui morar só.

Aos quarenta e cinco, recebi o prazer de viver no adjunto adverbial de companhia.

Aos cinquenta, tomei remédio para pressão e usei óculos até para atender o telefone.

Aos cinquenta e um, lancei o primeiro romance: "O NAMORADO DO PAPAI RONCA".

Aos cinquenta e três, contei o segundo livro: "CORAÇÃO PELUDO".

Aos cinquenta e cinco, louvei os antepassados com o livro de contos "OUTRAS VOZES".

Aos cinquenta e sete, quase tudo junto, soltei: "DE RUA, BOMBONS SORTIDOS e LUIZA".

Hoje, com quase sessenta, me divirto cometendo escritos.

LIVROS PUBLICADOS

"ABIGAIL" – coletânea de contos (diversos autores).

"O NAMORADO DO PAPAI RONCA" – romance infantojuvenil – ProAC 2012.

"ASSIM VOCÊ ME MATA" – coletânea de contos (diversos autores).

"CORAÇÃO PELUDO" - coletânea de contos.

"OUTRAS VOZES" - coletânea de contos sobre o negro escravizado no Brasil.

"DESCONTOS DE FADAS" – coletânea de contos (diversos autores).

"PRIMEIRAMENTE" – coletânea de contos (diversos autores).

"ESCANGALHAR" – Organizador: coletânea de contos (diversos autores).

"DE RUA" – coletânea de contos sobre meninos de rua (a literatura servindo como reflexão dos trabalhos dos Educadores de Rua).

"BOMBONS SORTIDOS" – coletânea de contos divididos em dez livros: Amargo, Ao Leite, Castanhas, Mel, Pimenta, Crocante, Meio Amargo, Meio Doce, Recheados e Trufados.

"LUIZA" – romance infantojuvenil sobre uma negra escravizada.